芝不器男の百句

洗練された時間表現

村上鞆彦

ふらんす堂

目次

芝不器男の百句

雪融《と》くる苔ぞ椙《しもと》ぞ山始

昭和三年

1

「山始」は、年初に山の神へ供物と祈りを捧げること。「楉」は、細くまっすぐな若枝のこと。山始のために山へ入ったところ、すでに雪は解け始めており、ところどころに青い苔が覗き、細枝も濡れて光っているという句意。「苔ぞ楉ぞ」には、ここにそこにと目を留めながら春の兆しを確認している口ぶりがある。また、「ぞ」の繰り返しが生む調子の張りには、作者の気持ちの昂ぶりが反映していよう。寒冷の地では、正月でもまだ雪は深いので、この句に描かれているのは比較的温暖な土地。不器男は愛媛生まれ。故郷の山の情景を詠んだものかもしれない。

筆始歌仙ひそめくけしきかな

昭和三年

2

正月の書き初めに昔の歌人たちの歌をあれこれ揮毫していると、いつしかその歌の向こうから歌人たちの声が聞こえ、そのたくさんのささやき声に包まれているように感じられたという句意に解したい。写生句が主体の不器男にしては、こういう空想性を帯びた句は珍しい。不器男は『万葉集』の愛読者であったので、「歌仙」には柿本人麻呂や大伴家持など万葉歌人の面影が通うが、更に後代の紀貫之や在原業平といった著名な歌人たちの面影を思い浮かべてみてもよいだろう。不器男と古典和歌の世界との親密な関係が窺われる。

繭玉に寝《いね》がての腕あげにけり

昭和二年

3

「繭玉」は、正月の飾り物で、柳などの枝に小さな繭の形に作った団子や餅をたくさん付けたもの。養蚕の安全と豊かな収穫を予祝する。「寝がて」は、なかなか寝付かれないの意。句は、蒲団の中で眠れぬ夜の無聊を託っていた作者が、暗闇に枝垂れた繭玉へ、何とはなしにふとその手を伸ばしたという意。「寝がて」の理由ははっきりしないが、不安や悩みなど何か心に掛かることがあったのかもしれない。「腕あげにけり」の表現にはどこか物憂い気分が滲む。ちなみに、不器男の生家は一帯の庄屋をつとめた豪農であり、養蚕も手掛けていた。

松過や織りかけ機《はた》の左右《そう》に風

年次不詳

4

正月の松飾りを取り払ったあとの数日間が「松過」。正月の晴から普段の褻への移行期間で、一般的に関東では七日以降、関西では十五日以降を指す。不器男は愛媛の人であるから、この句の日時は一月半ばということになろう。作業の途中でそのままになっていた織り機の周りに、ふと風の通うのを感じ取り、「左右に風」と理知的に表現した。織りかけの布や糸がかすかに揺れたのかもしれない。まだ寒い頃だが、何となくその風には春の先触れの気配があるようだ。織り手の正月気分も改まり、これからいよいよ仕事にも念が入ることだろう。かすかなもののほのめきを捉えている句。

山川の砂焦がしたるどんどかな

昭和二年

5

正月の飾り物や古札、また子どもたちの書き初めなどを焚き上げる小正月の行事が「どんど」焼き。田んぼなどの広い場所で行われることが多いが、この句では「山川」、つまり山間部を流れる川、その岸辺でというのが珍しい。ちょっとした場所での小規模などんど焼きかもしれないが、句の調べは格調高く、「かな」もよく響いて、いわゆる一物仕立ての堂々とした姿をしている。「天焦がしたる」であったならば常套の言い回しで陳腐だが、「砂焦がしたる」でこのどんど焼きに現実味が備わった。不器男の出身地は山に囲まれた峡谷。そこでの実見によ
る句だろうか。

寒鴉己《し》が影の上《え》におりたちぬ

昭和二年

6

寒の空から一羽の鴉が地に降り立った。その瞬間、鴉とその影とが一つに重なったと把握した点に発見があり、感覚の冴えがある。言葉が詰まって切迫した調子のある中七は、さながら降下してくる鴉のスピード感そのもの。一転して緩やかな調子の下五で、降り立った鴉のイメージをしっかりと定着させている。また、寒という季節感は余計な色彩を感じさせないために、鴉の姿をよりくっきりと浮かびあがらせる効果をもたらしている。寒々しいモノクロームの世界だが、その隅々にまで対象を凝視する作者の張りつめた感覚が行き渡っている。不器男の代表作の一つ。

山焼くやひそめきいでし傍《はた》の山

大正十五年

7

早春、山の枯草を焼き払い新しい芽生えを促す。その炎や煙は、春の到来を実感させる風物詩である。この句には、そんな山焼きの光景が描かれているが、作者の視線はいま焼かれている山ではなく、その傍らにある山に注がれている。「ひそめきいでし」は、何かをささやくような密やかな気配が漂い始めたという意に解したい。山焼きの炎や煙に誘われて、「傍の山」でも春意がうごめき、あたかもいまその山が目を覚ましたかのように作者には感じられたのだろう。山の擬人化がどことなく滑稽であり、絵本の世界を見るような童心が息づいている。

下萌のいたく踏まれて御開帳

大正十四年

8

春になって気候が良くなると、各地の寺院で秘仏の公開が行われる。めったにない機会とあって、たくさんの参拝者が集まる。その賑わいの様子を真正面から描くのではなく、視線を下へやって、萌え始めた草が踏み荒らされている様子を大写しにすることで間接的に描いている。ただでさえ頼りない若い草がたくさんの人間に踏まれている光景は無惨だが、その背景には参拝者のざわめく声や雑多な物音が一句の余韻として響いている。カメラアングルが確かで、視覚と聴覚に訴えてくる重層性のある句。

早春や空巣《からす》吹かるゝ茨《ばら》の中

昭和二年

9

空っぽの鳥の巣が、枯れた茨のなかに見える。早春の明るい光がその空巣に射し込んでいるが、辺りに吹いている風にはまだ冷たさが残っている。何気ない光景だが、一読して早春の気の横溢を感じさせる佳句。自然の諸相を細やかに見て、そこに確かな季節感を感じ取る不器男の感性の在り様がよく伝わってくる。「茨」とは枳殻だろうか、または野茨か。はっきりとは分からないが、この「茨」の一語が誘い出す鋭利な棘のイメージが、風の冷たい早春の季節感をありありと感じさせるのに一役買っている。

研ぎあげて干す鉞《まさかり》や雪《ゆき》解《げ》宿《やど》

昭和二年

10

おそらく山仕事に携わっている家だろう。春を迎えて仕事の準備を始めたといったところか。作者は通りすがりに、その家に鉞が干してあるのに目を留めた。一般には、斧よりも刃の幅が広いものを鉞と呼ぶそうだが、作者が目にしたその鉞はよく研ぎこまれて美しく光っていたに違いない。鉞はそれを扱う者の力強さを思わせる。折からの雪解の日差しのなかでその鉞を見た作者は、自分にもしぜんと力が湧いてくる感じを覚えたのではないか。雪解の晴れやかさと研ぎあげられた鉞の刃の輝きとがよく照応した印象明快さがある。

奥《おく》津《つ》城《き》に犬を葬る二月かな

昭和三年

11

「奥津城」とは、墓であり、墓所のこと。特に神道の墓の意味もあるが、ここではそこまで厳密に区別しなくてもよいだろう。ただし、単に墓と言うよりは、やや改まった語感があり、区画の整った、格式のある墓所が想像される。そこに犬を葬ったというのだが、目立たぬ片隅に埋めて小さな石でも置いたのか。「二月」は冬から春へと移り変わる端境期。寒さと暖かさ、翳と光という両極のイメージを含んでおり、それだけ使うのが難しいデリケートな季語だ。しかしここではもの悲しさの滲む上五中七を感覚的によく受け止めている。

町空のくらき氷《ひ》雨《さめ》や白《しら》魚《お》売《うり》

昭和二年

12

低い家並の続く町。暗く垂れこめた空から、冷たい雨が降っている。そのなかをやって来るのは、白魚の振売り。白魚は、春の訪れを告げる魚として珍重される。侘びしさ一色に塗り込められてしまいそうな光景に、白魚売の存在が一点の温かみを通わせている。モノクロの時代劇映画を観るような映像性のある句だ。なお、ふつう「氷雨」と言えば夏の季語で、雹のことを指すが、この句では季語としてではなく、文字通り氷のような冷たい雨という意味で用いられている。老成した渋さを感じさせる詠み振りだが、それもまた不器男俳句の一つの特色である。

椿落ちて虻鳴き出づる曇りかな

大正十五年

13

地面に落ちた椿の花から虻が現われ、唸るような羽音を立てながら曇天へと消えて行ったという句意。椿が落ちたときの垂直下降の軌跡と虻が飛んで行ったときのふわりとした上昇の軌跡、異なる二つの軌跡が一句の内に存在する点が注意を引く。それにしてもこの曇天の不穏さはどうだろう。読後にいやな後味を残す。この句を詠んだとき、不器男は二十二歳。歳相応の不安や悩みを胸に抱えていたかもしれない。その鬱屈した思いの反映をこの曇天に認めるとき、花粉に汚れて飛んで行った虻が象徴的な存在として切ないものに思えてくる。

椿落ちて色うしなひぬたちどころ

大正十五年

14

椿が落ちて地面に着いた途端に、その椿から「色」が失われたように感じられたという句意。この場合、「色」とは目に見える色彩のことではなく、「生気」とでも言うべき目に見えない生命感を意味していよう。枝にあるうちは美しさを保って観賞の対象となるものが、地に落ちればそれはもう生気のない抜け殻のようなものだという少々残酷な目が感じられる。また、下五で念を押すように「たちどころ」ときっぱりと言い切った調子の強さも印象に残る。総じて穏やかな調子の多い不器男の句のなかにあって、この句はやや異色。

白浪を一度かゝげぬ海《うみ》霞《がすみ》

大正十五年

15

海原に春霞がかかり、茫洋とした眺めが広がっている。一度、不意に白浪が生じて、そして崩れ去った。あとにはまた霞の海が静かに揺蕩《たゆた》っているばかりであるという句意。ある種の平衡状態を白浪が乱したのだが、それを「一度」きりのことと限定することで、海原の駘蕩とした静けさがより際立って意識される結果となった。「かゝげぬ」の主語は「海霞」とも解せる句の形になっているが、ここでは海または海をも含んだ大きな自然が主語で、その力の作用によって白浪が生じたというふうに解したい。人間を超えた大きなものを一句に呼びこんだ、雄渾な詩品を備えた句。

まながひに青空落つる茅《つ》花《ばな》かな

大正十五年

16

「まながひ」とは、目の前のこと。「まなかひ」とも言う。『万葉集』にも出てくる言葉で、不器男はしばしばこれを用いた。句は、目の前に青空が落ちている、そこは茅花野でたくさんの白い花穂が風に靡いているという意。青空の表現が感覚的で意表を衝かれるが、要は真っ青な一枚の板を目の前にして立っているような感覚だろうか。「落つる」の一語が上から下への目の動きを誘い、縦に長い青一色の空間をイメージさせる。それを茅花野の横の広がりで受け止めている。現実の光景を描きつつも、心の中の理想美の世界をなぞったような甘美さがいくらか混じっている。

野霞のこぼす小雨や蓬摘

昭和二年

17

霞のかかった野に出て蓬を摘んでいると、はらはらと小雨が降ってきたという句意。特別なことが詠われているわけではないが、上五中七の把握とその表現にデリケートなものを感じる。「野霞のこぼす」の「こぼす」の語の確かさ。まばらに落ちる雨粒が現実感を持って見えてくる。「野霞」も「小雨」も同じ水だが、粒の大きさが違う。その違いによって、一方は宙に漂い、一方は宙を落下する。二つの異なる水を一句のなかにごくしぜんな形で並置させた手際が冴えている。

卒業の兄と来てゐる堤かな

昭和三年

18

不器男には三人の兄がいた。そのうち二番目の兄・馨《けい》三《ぞう》に不器男はよく親しんだようで、後年、財腸子《さいちようし》の号で俳句を作るようになった馨三は、不器男とよく俳句について語り合ったという。この句の兄が馨三かどうかは定かではないが、仲睦まじい様子からして馨三がモデルかもしれない。卒業を迎えた兄と堤を歩く。ただそれだけしか書かれていないが、かえってそのために想像は様々に広がる。これからの夢を語る兄、その顔を眩しい思いで見上げる弟。都会へ出てゆく兄ならば、これが兄弟でゆっくり過ごせる最後の時間だ。平易な表現ながら感銘が深い。

春の雷鯉は苔被《き》て老いにけり

昭和三年

19

表皮に苔を生じるまでに成長した鯉は、さぞ立派な体軀をしていることだろう。中七下五のゆったりとした調子が、泰然と老いた鯉の姿を思い描かせる。そこに「春の雷」を取り合わせた。句末の「けり」が響いて、句の姿にすっきりとした良さがある。「春の雷」は夏のものほど激しくはなく、語感に明るさも含む。もしこれが夏の雷だったら、途端に不穏な空気が漂い、老鯉が妖怪じみて見えてくるところだった。なお、表皮に苔を生じるのは鯉の一種の病気だそうだが、この句にその意味はなく、あくまで長寿のしるしとして詠まれている。

春雪や学期も末の苜蓿《うまごやし》

昭和三年

三月の終り頃の雪が、校舎裏の広場ででもあろうか、そこの苜蓿つまりクローバーに降っている。その雪を眺めていると、「学期も末」という感慨がしきりと湧いてくるという句意。中七下五は省略を利かせながら、万感の思いを「苜蓿」に凝縮させている。昼休みや放課後、このクローバーの上で友と語らい、またひとりで読書に耽った、そんな思い出深いクローバーなのだろう。もうすぐ学年が改まる、またはこの学校を卒業してゆくという感傷は沈潜させて、句の表情はドライだ。昭和三年作、不器男二十五歳。高校か大学時代を回想しての句だろう。

汽車見えてやがて失せたる田打かな

大正十五年

21

線路の彼方に現われた汽車が次第に近づいてきて、そして走り去っていった。その一連の様子を逐次的に言葉にした上五中七には、どこかのんびりとした味わいがある。下五では「田打」に視点が切り替わる。「田打」は田の土を起こして田植えに備えること。鍬を振るう人たちの側を、汽車が煙を吐きながら過ぎてゆく。時間がゆっくりと流れる春の日永の田園風景。不器男の生まれた松丸には街道が通り、山間部の物資の集まる商店街が賑わいを見せていたという。そこには鉄道も敷設されていた。不器男にとって汽車は見慣れた景物だったに違いない。

畑打に沼の浮洲のあそぶなり

昭和三年

畑の土を耕している人たちの近くに沼があり、そこに浮洲が浮かんでいる。人間のきびきびと働く様子にくらべると、浮洲はいかにものんびりとしていることだ、と解したい。人間と浮洲とを比較する視点が面白い。命なきものに命を通わせた「あそぶなり」の表現には、春の暖かな空気や日の光の明るさに誘われてつい興じてみたという作者の軽やかな心持ちが感じられる。先に採り上げた〈山焼くやひそめきいでし傍の山〉と同様に、擬人法の使用によって朗らかな味わいが生まれている。

三《みつ》椏《また》のはなやぎ咲けるうらゝかな

大正十五年

23

「三椏」はその名の通り、枝が三つ又に岐れている落葉低木。春、黄色い小さな花が咲く。その花が集まって半球型を作り、それがいくつも枝を飾る。芳香があり、素朴で可憐な花だ。この句、「はなやぎ」といい「うらゝ」といい、やや安直な表現ではあるが、三椏の花の咲いた明るい雰囲気が大らかに言い留められている。「うらゝ」は春の季語なので季重なりの句ということにもなるが、この句の場合はそれが気にならない。十七音のうちの十音を開放的で明るい印象のア母音が占めており、音調の面でも句の内容を支えている。

蘖《ひこばえ》に杣《そま》が薪《まき》棚《だな》荒れにけり

昭和三年

24

「蘖」は、木の伐り株や根元から生える新芽のこと。「杣が薪棚」は、木こりの家の軒下の薪置き場。そこに冬のはじめには整然と薪が積まれていたが、春になるとめっきりと薪が減り、木屑なども散らかって、雑然とした感じを覚えるという句意。「蘖に」の「に」は切字「や」にも通うが、「や」ほどの切れの強さはなく、ひと筋の細い糸で中七へとつながってゆく微妙なニュアンスがある。敢えて解釈すると、蘖のその傍らに、または蘖が伸びてきたのと時を同じくして、といった具合になる。散文では見られない、韻文独特の用法。薪棚の蕪雑さのなかに春意を感じ取った感覚は鋭い。

巣《す》鴉《がらす》や春日に出ては翔ちもどり

大正十五年

25

春は鳥たちが巣を営む季節。この句の鴉も営巣中で、巣の材料を求めては太陽の輝く空へと飛びたち、小枝を咥えて戻ってくるという動作を繰り返しているのだろう。悠々として丈高い調子の中七下五に、鴉の飛ぶ様が躍如としている。また、下五まで読み下したあと、またしぜんと意識が上五に戻るという円環性が、鴉の出ては戻りという動作の円環性とおのずと重なる。飯田龍太の〈春の鳶寄りわかれては高みつつ〉がふと思い合わされる。この句も「巣鴉」の句も、共に両作者の初学時代の作というのだから、驚くほかはない。

永き日のにはとり柵を越えにけり

大正十五年

26

不器男の句で最も人口に膾炙しているもののひとつ。うららかな太陽の下で起こった珍事が、淡々と叙されている。この句について不器男自身が書いた文章が残っている。「いい作と自惚れるのではない。おれはこれがおれの道だと思ふ。愚鈍者の聚合せる俳壇なんといふものにまぜつかへされてたまるものか。この句を落す選者の不明を顧みる勿れ。おれがおれの信ずる通りにすゝめばいい」(「偶感」より)。端正で温雅な作風からは想像できないほどの強い言葉が並ぶ。自信、熱意、矜持。不器男の内心にはまぎれもない二十代の若さが充ちていたことを知る。

春愁や草の柔毛《にこげ》のいちしるく

大正十五年

「柔毛」は、柔らかな毛のこと。ここでは、草の表面を覆った産毛を意味する。それが「いちしるく」、つまりはっきりと見えているという。作者は、何とはなしに湧いてくる憂愁を抱えながら、春の野辺をそぞろ歩いていたのだろう。その目に留まった柔毛の白さは、作者の憂愁を慰めたか、またはさらに深くしたか。いずれにせよ、ナイーブな心情と草の柔毛との間には深く通い合うものがある。青春の感傷をそのまま打ち出すのではなく、「柔毛」や「いちしるく」というやや古風で温雅な言葉のオブラートに包んだところに、不器男の詩品がある。

村の灯のまうへ山ある蛙かな

大正十五年

点々と散らばった村の灯、その上に真っ暗な山の形の影が聳えている。水田には鳴きしきる蛙たち。その声とともに村の夜は更けてゆく。この句の眼目は「まうへ」。理知的な空間把握によるこの一語によって、情景が立体感を持って読み手に迫ってくる。またこの「まうへ」は、読み手の意識を地上から夜空へと誘うが、その下から上への方向性は、蛙の声が水田から立ちのぼり、夜空へ広がってゆく方向性と一致するので、より一層蛙の声を印象的に感じさせる効果がある。不器男は周りを山に囲まれた土地に生まれ育った。その土地の風貌が生きている句。

山守のいこふ御《み》墓《はか》や花ぐもり

昭和二年

「山守」は、山の番人のことで、植林された木々の手入れや管理を行う。花どきの曇り空の下、その山守が山中にある墓のほとりに腰をおろし、一服しているという句意。わざわざ「御墓」と丁寧に言ってあることで、その墓の佇まいや埋葬者の身分の卑しからざることが察しられる。山守とこの墓の主との間には、何か深いつながりがあったのだろうかと想像が働く。不器男の句のなかで特に優れているというわけではないが、「花ぐもり」の季語が持つほのかな華やぎ、温もりが、一句をふわりと包んで、穏やかな読後感が残る。

松風に蝌《か》蚪《と》生まれたる山田かな

昭和二年

30

「松風に」の「に」は、〈蘗に杣が薪棚荒れにけり〉の鑑賞でも触れたのと同じで、韻文独特の用法。句意は、松の木に風が吹いている、その傍らの山田で、おたまじゃくしの姿が見られるようになったというもの。この山間の田でも春が深まってきたなあという感慨が句のうしろに滲んでいる。内容は、殊更に瞠目すべきものはない平凡なものだが、「かな」をひびかせた句の立ち姿には品の良さがあり、その両者の落差が大きい。おたまじゃくしをこれほど格調高く詠える俳人もそう多くはいないだろう。句の〝形〟というものへの不器男の強い意識が窺える。

うまや路《じ》や松のはろかに狂ひ凧

昭和三年

31

不器男の生家は伊予と土佐を結ぶ松丸街道に面していた。この街道が「うまや路」で、いつも賑やかだったという。その様子を見て育った不器男に「うまや路」を詠った句が散見されるのも当然である。この句は、町中ではなく、郊外の街道風景だろう。松並木があり、その背景の空に「狂ひ凧」が見えている。狂い凧とは、強風に揉まれている凧のこと。上空には早春の荒い風が吹いているのである。野中を延びてゆく街道と松並木、それだけであれば特に変哲のない郊外風景だが、一点の狂い凧がアクセントを与えている。広重の浮世絵の構図に通う風景句。

うまや路の春惜しみぬる門《かど》辺《べ》かな

昭和二年

ひとつ前の句の「うまや路」は郊外だったが、この句の「うまや路」は町中、しかも「門辺」とあるから、自身の生家の門から眺めた街道風景だろう。頻繁に行き交う人や馬車や荷車。それらを見るともなしに見ながら、青年不器男が過ぎてゆく春を惜しんでいる。濃やかな情感の滲んだ句だ。この句を何度も読んでいると、惜春の情に加えて、過ぎ去った昔を懐かしむようなノスタルジックな味わいも覚える。もしかしたら作者は、幼い頃にも門辺でよく往来を眺めていたのかもしれない。遠い日の風景が、いま眼前の風景に重なる。そんな時間の堆積をも感じさせる句。

飼《かい》屋《や》の灯母屋の闇と更けにけり

昭和三年

33

不器男の生家は養蚕も手がけた豪農で、蚕種の製造場としても栄えていた。「飼屋」は、蚕を飼う小屋のことだが、芝家にはかなり大がかりな養蚕の設備が整っていたという。句は、飼屋と別棟の母屋とが比較されている。夜が更けても飼屋にあかあかと灯がともっているのは、ちょうど蚕が上蔟するころなのだろう。対して母屋にはすでに灯の気がなく寝静まっているという。一方は灯、一方は闇と明暗の対比を生かした構成的な句。不器男にとって養蚕の光景は、幼いころからいつも目にしてきた馴染みの深いものだったに違いない。

ふるさとや石垣歯朶《しだ》に春の月

昭和三年

34

東京や仙台で大学生活を送った不器男が、再び故郷に戻ってきてその故郷を詠んだ句。「ふるさとや」の上五が、大らかに故郷を讃える気持ちを打ち出している。「石垣歯朶」は、本来、石垣の歯朶とあるべきところ、のを略している。そこに柔らかい光を投げた春の月、落ち着いた美しさを感じさせる情景だ。この石垣は、自身の生家のものだろうか。昭和三年の春、不器男は結婚し、生家のある松丸からそう離れてはいない大内に暮らし始めた。右の句はちょうどその頃に詠まれている。結婚が、故郷というものへの特別な感慨を誘ったのだろうか。

松籟《しょうらい》にまどろむもある遍路《へんろ》かな

昭和三年

35

遍路の一行が松の木蔭で休息している。その中にはうとうと船を漕いでいる者もあるが、さだめしあの松の風音を聞くうちに心地良くなったのだろうという句意。遍路のささやかな姿態をさっとスケッチ風に捉えたもので、見つめる眼差しには温かみがある。不器男の生まれた松丸の付近には札所寺はないようだが、四国で暮らしていれば遍路の姿を見かけることも多かっただろう。同じ時に〈中二階くだりて炊《かし》ぐ遍路かな〉という句も詠んでいる。こちらは遍路宿で目にした夕餉の支度風景。「中二階」という狭い空間に、どことなく侘びしさが漂う。

鞦韆《ふらここ》の月に散じぬ同窓会

昭和三年

36

母校で開かれた同窓会だろう。散会となって校庭に出てみると、「鞦韆」つまりぶらんこの上に月が照っていたという。その情景を端的に表した「鞦韆の月」は美しい表現だ。「月に散じぬ」の「に」は韻文ならではの用法。散文にすれば長くなるところを、「鞦韆の月に散じぬ」と巧みに省略を利かせ、手際よくまとめている。同窓会が果ててもまだ心が残り、仲間とぶらんこに腰をかけて思い出話を続けたか、または昔のようにぶらんこの漕ぎ比べでもしてみたか。月の下のぶらんこが遠い日々へと思いを誘い、しっとりとした懐旧の情を一句に通わせている。

苔の雨かへるでの花いづこゆか

昭和四年

「かへるで」とは、楓の古名。葉の形が蛙の手に似ていることに因むという。「いづこゆか」の「ゆ」は、この場合、動作・作用の起点を意味する上代語で、現代語では「〜から」の意となる。句意は、苔に雨が降っている、そこに楓の花が散っているが、これはどこからこぼれてきたのだろうか、というもの。楓の花は、若葉の蔭にひっそりと咲くので目立たないが、小さくて愛らしい。それを雨に潤った苔の上に認めた不器男の眼差しは細やかだ。句の内容はもちろんだが、作者としては古語を用いた一句の調べに自負があるのかもしれない。

人入つて門のこりたる暮春かな

大正十五年

人影が門の中へと消えた。そのあとには、ただ門が立っているばかりだという。出来事を継起的に追った上五中七は時間の経過を感じさせるが、下五の「暮春かな」の受け止めがしっかりと利いていることで、全体が散文的に流れることを防いでいる。「のこりたる」という表現は、ぽつんと取り残された門を想像させ、そこに漂う一抹の寂しさにおのずと惜春の情も重なる。「人」という表現があえて具体的な断定を避けているように、「門」もまた個別性を持たない。作者の企図は、具体的なものを描くのではなく、暮春のゆったりとした時間や雰囲気を描き出すことにあったのだろう。

白藤や揺りやみしかばうすみどり

昭和三年

39

　揺れているときは、ただ白とのみ認識していた藤の花が、揺れやんでみると、うっすらと緑色が差したという句意。花びら自体に「うすみどり」が混じっていたか、または葉の色が花に映ったのだろう。白藤の質感を非常にデリケートな感覚で捉えている。小刻みに言葉を継いだ中七にはまさに藤房の揺らぎのリズム感があり、その揺らぎがピタリと止まるように下五は「うすみどり」と名詞で押さえた句の姿のよろしさ。余談だが、筆者が芝不器男の名前を初めて知ったのは、この句が採り上げられた大岡信の「折々のうた」だった。そのときの感銘が忘れられない。

岩水の朱《あか》きが湧けり余花の宮

昭和三年

40

　岩の狭間から湧く水が「朱き」ということは、鉄分を多く含んでいるということ。「余花」は、夏になっても咲いている桜のことで、寒い土地や山地などで見られる。以前、春の遅い仙台で暮らしていた頃にどこかの神社で目にした光景を、回想しながら詠んだ句だろうか。やや報告に近い内容だが、朱い水が素材として珍しく、また余花との配合に捨て難い味わいがある。不器男は高校生の頃、山岳部に所属していたほど山登りを愛好していたので、どこかの山地で見かけた神社の光景が心にあっての句かもしれない。

花うばらふたゝび堰にめぐり合ふ

年次不詳

41

「花うばら」は、茨の花のことで、五月ごろに咲く芳香のある白い花のこと。作者は、初夏の陽気に誘われて散策でもしていたのだろう。茨の花が咲く堰に出くわしたが、先ほども同じような堰を過ぎてきたなあという句意。堰を落ちる水の光と音が白い花によく調和するが、それが一度ならず二度までもという点に、作者の心の弾みが出ていよう。蕪村に有名な〈愁ひつゝ岡にのぼれば花いばら〉がある。不器男はもちろんこれを知っていただろう。蕪村の作は濃やかな情感をまとった茨の花であり、不器男の作は印象派風の明るい外光をまとった茨の花である。

麦車馬におくれて動き出づ

大正十五年

「麦車」は、収穫した麦を積んだ荷車のこと。それを曳く馬が動き出したところ、一拍遅れて荷車も動き出したという言わば当たり前のことが詠まれている。しかし、そのわずかな時間差に殊更注意を払ったのは、おそらく不器男が最初ではないだろうか。重大な秘密は、日常性のなかに隠れている。それを発見した不器男の感覚の鋭敏さを称したい。また「馬におくれて」の表現も簡潔かつ正確で、麦を満載していた麦車の重量感をありありと伝える。その語感には、のどかな田園風景を感じさせるものもある。不器男の対象把握と言語感覚の確かさを語る上では欠かせない一句。

うまや路や麦の黒穂の踏まれたる

昭和二年

43

これまで幾度か触れた「うまや路」つまり街道風景である。「麦の黒穂」は、黒穂菌に冒されて黒くなった麦の穂のこと。抜き捨てられた一本の黒穂が、街道に打ち捨てられており、行き交う人間や荷車に踏みつけられているのである。黒穂が大写しにされており、それを踏んでゆく人の足や車輪が映像として見えてくる。また、そのざわついた音声も聞こえてくるようだ。忌まわしい存在の黒穂だが、こう描かれるとどこか一抹の哀れも添うようで印象深い。普通なら誰も目に留めないような路上の黒穂を、目敏く詠み取っている。

隠《こもり》沼《ぬ》は椴《とど》に亡びぬ閑古鳥

大正十五年

44

大正十五年七月、不器男は友人と共に日光周辺を旅した。夏休みに入り、仙台から帰省する途中の旅だった。友人の回想によれば、当時の彼等は漱石の「非人情」に影響され、俗化を嫌い野趣を熱愛した。この旅ではその望みが叶い、非人情の自然を満喫したという。句は戦場ヶ原で詠まれたもの。上五中七は、かつて草に隠れた沼であったところに、今は樅松が生えていると解するのだろう。自然相の変遷に思いを致しつつ、閑古鳥の幽邃な響きに耳を澄ましている。不器男はこの句を友人に示して「隠沼は万葉調だよ」と語ったという。

虚《むな》国《ぐに》の尻《しり》無《なし》川や夏霞

大正十五年

45

前の句に続き、これも戦場ヶ原での作。「虚国」は、痩せた荒蕪の地のこと。「尻無川」は、途中から伏流となって終りが見えなくなる川のこと。虚国の虚の字、尻無川の無の字の印象が強く響き、更にそこに「夏霞」の靉靆としたイメージが加わることで、現実の戦場ヶ原の描写というよりは、そこから遊離した虚無的な世界が現出している。ただし、「虚国」「尻無川」という特異な言葉に寄りかかっている感も否めない。なお、『芝不器男句集』にはこの時の句が「戦場ヶ原三句」の前書きで収録されており、あとの一句は〈郭公や国の真《ま》洞《ほら》は夕茜〉。

92 – 93

南風の蟻吹きこぼす畳かな

昭和二年

46

南風が吹き込んでくる風通しのよい明るい夏座敷。その畳を這う一匹の蟻の様子が詠まれている。注目点は中七の「吹きこぼす」だが、一読意味が取りづらい。吹きとばすと同義なのか、または南風が吹いて蟻がこぼれた、つまり南風が蟻を運んできたというふうに解すべきなのか。前者は現実的、後者は直感的で想像力の働きがある。ひとまずここでは後者を取りたい。実際のところ、蟻は縁側伝いに畳にのぼってきたのだろうが、それを南風がもたらしたものとして把握した点に、ひとつの新鮮な見方が提示されている。

朝ぼらけ水隠《みがく》る蛍飛びにけり

昭和二年

47

「水隠る」は歌語で、文字通り水に隠れるという意味だが、蛍の成虫は水に潜らない。「水隠る」にはまた、「知られぬ」を導く序詞を構成する用例もあるようで、その場合には、人に知られることなく蛍が飛んでいるという解も考えられる。しかし『万葉集』の単純を尊んだ不器男が、そのような後代の勅撰集的な手の込んだ技巧を採用するかどうかは疑問だ。ひとまずここでは、水面近くを飛ぶ幽かな蛍火という程度に解しておく。美しく情緒豊かな句だが、「朝ぼらけ」にしろ「水隠る」にしろ、歌語の優美さに寄りかかり過ぎている感も否めない。

山の蚊の縞あきらかや嗽《くちすすぐ》

昭和四年

「嗽」は、うがいをすること。山小屋の朝の光景か、または登山の途中に見つけた泉でうがいをしているのか、そこに飛んできた蚊の縞模様が、はっきりと見えたという句意。体や脚に黒と白の縞模様がある蚊は縞蚊と呼ばれる。なかでもヒトスジシマカが一般的で、通称ヤブカと呼ばれるのもこの蚊である。その縞模様がはっきりと見えると表現することで、山の空気の清澄さを間接的に描き出している。そこに「嗽」の爽快感も加わる。蚊の句といえば、ほとんどが蚊を邪魔者として扱っているが、この句は好悪のフィルターにかけずに蚊を見ている。

夕釣や蛇のひきゆく水脈《みお》あかり

年次不詳

49

〈水ゆれて鳳凰堂へ蛇の首〉という阿波野青畝の句があるように、蛇は首をもたげて水面を泳いで進む。その背後には八の字型に水脈が伸びてゆくわけだが、この「夕釣」の句ではその水脈に夕日が射し、きらきらと光っているという。夕日は蛇自体にも射していて、その膚を光らせていることだろう。あたかも夕日が蛇を荘厳しているかのようだ。非常に美しい情景で、「水脈あかり」の言葉の響きも良いが、主体が蛇であるという点でやはりいくらかの妖しさもある。しばし釣のことは忘れて、蛇に見とれていた作者の様子が想像される。

梅雨霽《ば》れの足あをあをと藪を行く

大正十四年

50

梅雨の晴間、藪のなかを歩く。瑞々しく茂った草木の青さが鮮やかに目に飛び込んでくる。この句では足に焦点を絞って「足あをあをと」と言っているが、これはどういう感じだろうか。少なくとも、足元の草の青さに触発された表現であることは間違いない。感覚的なだけに解釈が難しいが、おそらく足が次第に草の青さに染まってゆくような感じを言いたかったのではないだろうか。大正十四年、初学の頃の作なので、表現よりも感覚が先行したきらいはあるが、草を踏む足元から清涼感が全身に満ちてゆくような味わいがある。

向日葵の蕊《しべ》を見るとき海消えし

大正十五年

51

向日葵の蕊を凝視したとき、その背景にある海がぼやけて見えなくなったという句意。近くに焦点を合わせると遠くがぼやけるのは目の機能として当然のことなのだが、それが分かっていても「海消えし」の下五は鮮やかで、意表を衝かれる。正確に言えば、海は消えずにぼやける程度だが、敢えて「消えし」とまで強調したところが眼目。その点で、技巧の勝った句とも言えよう。向日葵と海とは夏の明るさを代表する定番の組み合わせ。水原秋桜子の〈向日葵の空かがやけり波の群〉を正攻法とすれば、不器男の句にはその定番を逆手に取り敢えて海を消した大胆さがあると言える。

風鈴の空は荒《あら》星《ぼし》ばかりかな

大正十五年

52

風鈴の響く空に大粒の星が光っているという美しい光景。しかし単に美しいだけではなく、それを見つめる作者の視線には一抹の感傷が滲む。その理由は、「ばかりかな」の詠嘆にやや悲愴な調子があるのと、「荒星」という言葉のせいだろう。「荒」という字の印象が、この句にある種の陰影を与えている。一般的に「荒星」は冬の季語で、澄んだ夜空に冴え冴えと輝く星を意味するが、この句では風鈴が夏の季語なので、それに合わせて夏の星として解する。潤いを帯びた大粒の夏の星である。風鈴と星、聴覚と視覚の双方に訴えかけてくる重層性のある句。

ころぶすや蜂腰《すがるごし》なる夏痩女《め》

大正十五年

53

「ころぶす」は『万葉集』に見える言葉で、横になるの意味。「蜂腰」は、蜂のようにくびれた女性の腰のこと。夏の暑さにやられた女が、身を横たえている。作者の興味はその女の形態にあり、特に腰の辺りに注目して「蜂腰」という言葉を当てた。イメージを喚起する力に富む手応えのある一語で、どこかに滑稽味も含んでいる。古語の使用を頻繁に試みた不器男の面目躍如たる句だが、実際に女を目にして詠んだ嘱目吟なのか、または「ころぶす」「蜂腰」の語を使いたいがための机上の空想によるる句なのか。後者の気味が全くないとは言えない。

泳ぎ女の葛《くず》隠《かく》るまで羞《は》ぢらひぬ

昭和三年

泳いでいた女が、作者の視線を感じて、葛の茂みの蔭へ恥じらいつつ泳ぎ入った、または水から上がって小走りに葛の蔭へ隠れたという句意。乙女と呼ぶに相応しいようなうら若い女が想像される。葛の生い茂った山川の野趣に包まれて、その乙女の初々しさが一段と際立って感じられる。健やかなエロスに満ちてはいるが、性的な匂いは全くない。作者の目は、乙女を見ているのではなく、乙女の瑞々しい生命感を見ているのだ。水に濡れた乙女の肌の白さと葛の葉の濃い緑とが映発した色彩上の美しさも、この句の魅力を支える大きな要因となっている。

さきだてる鵞《が》鳥《ちょう》踏まじと帰省かな

昭和三年

55

不器男が東京または仙台から帰省して、生家の庭先に着いた時の光景だろう。生家で鵞鳥を飼っていたかどうかは分からないが、ひとまずそう解しておく。「さきだてる」というと、先導する感じがあるが、ここでは追い立てられる形で鵞鳥が作者の先を歩いているのである。体を左右に揺りながらもたもたと歩いてゆく後ろ姿が見える。逸る足取りの作者とどこかのんびりしたところのある鵞鳥とが対照的で可笑しい。「鵞鳥踏まじと」には、鵞鳥をあたかも石ころのごとく扱った軽い口吻があるが、それも帰省による心の弾みの現れである。

ふるさとを去《い》ぬ日来《き》向《むか》ふ芙蓉かな

大正十五年

56

「来向ふ」は、近づくという意味。『万葉集』にも用例がある。「芙蓉」は、アオイ科の落葉低木で、初秋に到る所で見られる淡紅の五弁花。ひとつ前に帰省の句を取り上げたが、こちらは反対に故郷を去る日が近づいているという句意。そろそろ新学期が始まる頃なのだろう。作者は庭に咲いた芙蓉の花を眺めながら、帰省中の楽しかった時間を思い起こしている。同時に故郷を去らねばならぬ淋しさも。直接の心情吐露はないが、芙蓉の花が作者の思いをよく代弁している。芙蓉は咲いたその日にしぼむ一日花、楚々とした華やかさのなかにどことなく淋しさが漂う。

浸《ひた》りゐて水馴《みな》れぬ葛やけさの秋

大正十五年

「水馴る」は歌語。「水馴れぬ」で、水に浸りなれていないの意。蔓が垂れて葛の葉が流れに浸っているが、水にまだ馴染んでいない、その様子に殊に目を引かれる「けさの秋」つまり立秋の朝だという句意。葛の葉は水を弾く。その様子を鋭く把握し、「水馴れぬ」の語で端的に表現した。自らの感覚にぴたりとマッチする古語を見つけ得た幸運に、不器男も満足だったのではないだろうか。古語の使用が成功した好例で、清冽な水とフレッシュな葛の葉が見えてくる初秋の爽涼感に溢れた一句。

濯《すす》ぎ場のほとりの菱や今朝の秋

年次不詳

「濯ぎ場」とは、洗濯や食事の用意のために自然の水を利用した共同の作業場のこと。この句の場合、野川のほとりにでも設えられた濯ぎ場だろう。傍らに目をやると、川面に菱の葉が青々と広がっていたという句だが、それがちょうど「今朝の秋」つまり立秋の朝であったという点が眼目。季節が切り替わったことで心も改まり、普段は注意を払わない菱が、その時は新鮮に目に映ったのだ。初秋の朝の爽涼感と菱の葉の青さとがよく調和している。水の美しさも想像される。内容と句の形が、ひとつ前の〈浸りゐて〉と似ているが、こちらには生活と自然とが調和した味わいがある。

よべの雨閾《しきみ》濡らしぬ霊《たま》祭

昭和二年

59

「閾」は、門の内外や部屋を仕切るために敷く横木。「霊祭」は、盂蘭盆のこと。朝、目覚めてみると、夜のうちに雨の降った気配があり、閾が濡れていたという句意。正門や表玄関よりは、縁側や勝手口など身近な場所がこの句の場合は相応しい。盂蘭盆の頃になると、日中はまだ残暑が厳しいが、朝は爽涼とした空気が肌に心地よい。夜来の雨に濡れた閾が、そんな空気の肌触りを伝える一点景として描かれている。また閾というものの生活感、親しさに、祖先の霊を迎えての安らいだ心情がしっくりと調和して、穏やかな詩情を紡ぎ出している。

干《ほし》嚙《がや》に睡《ねむ》たき蛇の来りけり

昭和二年

60

ひと夏の間使用した蚊帳を、仕舞う前に洗って庭先に干している。そこに蛇が現われた。ただの蛇ではなく「睡たき蛇」というのが面白い。感覚的でユーモラスな把握だが、緩慢な仕草を見せる蛇に、夏の暑さを乗り越えたあとの疲れのようなものを感じたのかもしれない。作者自身の疲れが、しぜんと蛇に投影されたとも言えよう。だらりと干されている蚊帳と睡たき蛇、そこに流れている時間さえも弛緩しているようだ。こんな気怠い素材を描いても、切字がしっかりと響いて、句の立ち姿にはいささかの緩みもない、これが不器男の俳句だ。

あちこちの祠《ほこら》まつりや露の秋

昭和二年

61

あちこちの辻の祠に、縁日の提灯が灯っている。その灯りが、草に降りた夜露を照らしているという情景が思い浮かぶ。近畿地方には、旧暦七月二十四日の地蔵菩薩の縁日に、子どもたちが主役となって街角のお堂で行う地蔵盆という風習があるが、この「祠まつり」も同じような行事ではないかと想像する。不器男は子どもが好きだった。木蓮の花びらを拾う子どもたちと一緒に遊んだという文章が残っており、また帰省した折には地元の子どもたちを引き連れてよく山や川に行ったという。この句の露の光は、子どもの素朴さ、純真さに通う。

夜長さを衝《つ》きあたり消えし婢《おんな》かな

大正十五年

大正十四年、学友と鳴子温泉に遊んだときの作。夜の温泉宿の長廊下、そこを歩いてゆく女中の後ろ姿が、奥の壁に突き当たったたと思いきやふっと見えなくなったという句意。実際は、女中が鉤の手になっている角を曲がっただけなのだろうが、薄暗さのせいもあって、突き当たりの壁の中へすっと消え入るように見えたのだろう。やや怪奇趣味的な発想で、そこに自ら興じている気分が窺える。このときの旅の様子は「鳴子温泉・鬼首紀行」という文章に詳しい。それによると、学友が就寝したあと、二時間ほど句を案じて得たなかの一句であるという。

泥《でい》濘《ねい》におどろが影やきりぎりす

大正十五年

63

「おどろ」は、棘や荊棘とも書き、いばらなどが乱れて茂っていることを意味する。和歌でも使われた古語である。その影が泥濘つまりぬかるみに差しているというのだが、何とも陰鬱で侘びしい情景だ。そこに配されたきりぎりすの鳴き声も、もの悲しい。「おどろ」にはまた、黒髪の乱れた様という意味もある。それが遠く響いて、この句に暗い情念のようなものが漂う気配も感じる。これほど陰気な句は、不器男の作品のなかでも珍しい。濁音の多用された声調も、一層の重苦しさを増幅させる結果となっている。

郷を出づることのさしせまるにそのまうけごとのくさぐさも
おい母にまかせきりなりければある夜

秋の夜やつゞるほころび且つほぐれ

大正十五年

64

大正十五年、帰省していた郷里から仙台へ戻らねばならない日が近づいた頃の作。前書きの最後に言葉を継げば、「(……ある夜)、みづから針をとりて」とでもなるだろうか。つまりこの句は、母に任せきりだったのを反省した不器男が自ら針を取って縫い物に勤しみ、その自身の姿を詠んだというものである。しかし普段、針仕事に不慣れなゆえに、なかなか作業ははかどらない。綻びを綴るそばからまた解れてゆくという有り様。中七下五の小刻みに流れてゆくようなリズムによって、とりとめのない針仕事の様子が彷彿とする。いささかの自嘲の気味も混じった句。

二十五日仙台につく、みちはるかなる伊予の我が家をおもへば

あなたなる夜雨の葛のあなたかな

大正十五年

65

前の句から少し時間が経ち、不器男は仙台に戻ってきた。郷里を思い遣りながら、はるばると辿ってきた道のりを顧みたとき、ふと心に浮かんだのは途中で目にした「夜雨の葛」だった。高浜虚子はこの句を〝絵巻物〟に喩えて鑑賞している。「非常に長い部分は唯真つ暗で、（略）それから少し明るい夜雨の降つて居る葛の生ひ茂つて居る山がかつた光景が描き出されて、それから又非常に長い黒い所がある。（略）その黒い所といふのは、はるばる郷里を思ひやつた情緒である」。この名鑑賞によって、不器男の名前は俳壇に広く認知されたという。

蜻蛉《とんぼう》やいま起つ賤《しず》も夕日中

昭和二年

66

蜻蛉が飛び交い、夕日が射し渡る広やかな田のなかで、いま「賤」がやおら体を起こした。「賤」とは、身分、階層が低い者を意味する古語。ここでは具体的に、零細な農業に従事する人と解したい。一日働き通して疲れた彼らの目に、夕日に翅を光らせた蜻蛉の群はきっと美しく映ったに違いない。また彼ら自身の体も、蜻蛉と同じように美しく夕日に照らされていたに違いない。この句を読んで、ふとミレーの「落穂拾い」を思い出した。モチーフが似ていることもあるが、切字の響きや句末へ向けて次第に高まってゆく調子が、あの絵の重厚な表現に通う。

窓の外《と》にゐる山彦や夜学校

昭和二年

夜学の授業中、教室の窓の外に「山彦」が来ているという。山彦には、反響する谺のほかに、山の神、山の霊という意味もあるが、ここでは後者だろう。秋の夜長、人恋しさに引かれてか、山の霊が教室を覗きにきたという童話のような発想が楽しい。おのずとこの学校の置かれた地勢的な環境も想像できる。昼間は窓から周囲の山並が望めるような山間の学校なのだろう。作者の故郷の学校が心にあっての発想だろうか。端整な作風ゆえに老成した印象の不器男だが、こういう稚気の覗いた空想的な句を読むと、若い作者らしさがあって親しみを新たにする。

秋の夜の影絵をうつす褥《しとね》かな

昭和四年

68

昭和四年秋の作。この頃、不器男はすでに発病し九州帝大附属病院に入院していたので、病床での様子を描いた句と考えられる。普通、影絵といえば障子に映すものだが、ここでは褥つまり蒲団に映しているというのが特異だ。眠れぬ夜長の無聊をひとり慰めているといったところか。先に〈あちこちの祠まつりや露の秋〉のところでも触れたが、子ども好きの不器男のこと、かつて子どもたちに影絵遊びをしてみせた経験があったのかもしれない。そのときのことを思い出しながら、病床でひとり影絵の手すさびに興じていると解すると、いよいよこの句が切なく感じられる。

かの窓のかの夜長星ひかりいづ

昭和四年

69

『芝不器男句集』には「病室にて」の前書きがある。昭和四年、九州帝大附属病院での作。不器男の病は睾丸の肉腫、つまり悪性腫瘍だった。それが次第に体の各部に転移していった。酷い痛みに耐えながら、秋の夜長を眠れずに過ごしたこともあったろう。そんな時、ふと窓の外を見遣りつつ、かつての楽しかった日を回想したのがこの句。あの日の窓から見えていた秋の夜空の星々は、作者の記憶のなかで一層の輝きを増している。「かの」の繰り返しに、もう二度と戻らぬ遠い日を哀惜する気持ちが深く滲んでおり、切々と読み手に訴えかけてくるものがある。

野分《のわき》してしづかにも熱いでにけり

昭和四年

戸外に吹き募る野分の音を聞きながら、発熱した身を病床に横たえている。激しい野分と呼応するかのように、徐々に熱も上がってゆく。作者にしてみれば苦痛に耐えがたい場面だろうが、句は淡々と叙されていて、自身を見つめる目に冷静なところが感じられる。「しづかにも」は直接には発熱の状態を説明する表現だが、この時の作者の心の状態にも通じるようなひびきを持つ。「しづか」つまりある種の諦念にも似た思いが、すでにこの時、作者の胸中に萌していたのかもしれない。死まであと半年の時点での作。

柿もぐや殊にもろ手の山落暉《らつき》

大正十五年

「落暉」は、夕日のこと。「山落暉」は作者の造語で、山並へ沈んでゆこうとする夕日を表していると解したい。その夕日に照らされながら、柿をもいでいる。差し伸ばした両手の肌に夕日が映えるのを特に美しく感じたのだろう、「殊にもろ手の」と焦点を絞り、一句を引き締めている。沈み際の夕日が投げかけてくる最後の光を、その両手を通して確かめているようでもある。柿の色と夕日の色とが照応して、あかあかと燃えるような橙色一色に染め上げられた世界が現出している。山に囲まれた不器男の故郷の夕暮れ風景だろう。

摺り溜る籾《もみ》掻くことや子供の手

大正十五年

72

収穫した稲は、まず脱穀し、次に籾摺りをする。籾摺りとは、籾から籾殻をはずして玄米にする作業である。この句が詠まれた当時は、専用の臼や唐箕を用いての作業だったろう。句には、農家の子どもが描かれている。摺臼の側に座って、籾（この場合は籾殻のことか）が溜まってきたらそれを掻き取るという作業を任されている。力のない子どもには丁度良い作業だ。子どもも責任感を持って、きびきびと働いているに違いない。猫の手ならぬ子どもの手も借りての、一家総出の賑やかな作業風景が想像される。

新藁や永劫《えいごう》太き納屋の梁《はり》

大正十五年

「新藁」は、その年に刈り取った稲の藁のこと。かすかに青みを残しており、独特のよい香りがする。「永劫」は、長い歳月のこと。「永劫太き」で納屋の梁を強調しており、びくともしそうにない頑丈さで年季の入った黒ずんだ梁が想像される。句は、どっしりとした構えの納屋に、新藁がたくさん積まれている様を描いている。収穫のあとの充足感に溢れた光景だ。新藁と梁との組み合わせには、新しいものと古いもの、単年のサイクルによるものと長い時間性を秘めたものという対比の関係が読み取れる。豪農であった不器男の生家の面影が窺われる句。

薪積みしあとのひそ音《ね》や秋日和

大正十五年

74

「ひそ音」は、ひそやかな音という意味だろう。「ひそみ音」は一般によく用いられるが、「ひそ音」は耳慣れない。作者の造語だろうか。句意は、冬に備えて軒下に薪を積む。その作業の間はもの音がしていたが、作業の終わった今は、ひっそりと静まり返っている。しかし、全くの無音ではなく、わずかに何かの音が時々する、その状態を「ひそ音」と言ったのだが、却ってこの「ひそ音」のゆえに、あたりの静けさがより際立って感じられるのだ。薪自身が発するかすかな音だろうか。秋の澄明な日差し、積まれた薪の断面までもがはっきりと見えるようで、張り詰めた感覚がある。

落《おち》栗《ぐり》やなにかと言へばすぐ谺《こだま》

昭和二年

栗の毬が落ちている。中から飛び出た実もある。辺りはしんと静まり返った山中または谷間。すこし大きな声を出したり、物音を立てたりすると、すぐに谺となって響くという句意。「なにかと言へば」を厳密に解釈すると、どんな小さな音声でもよいことになるが、普通に考えて、谺となって響くためにはある程度の音量は必要だ。そういう意味でここには誇張が混じっているのだが、しかし複雑な事柄を中七下五のわずか十二音で表現し得た手際には見るべきものがある。「なにかと言へばすぐ谺」は、言葉が込み入ってはいるが、不思議と舌に引っかかるところがない精妙な表現。

みじろぎにきしむ木椅子や秋日和

昭和二年

前出の〈薪積みし〉の句と同様に、秋日和のなかでのかすかな物音に耳を澄ませている。制作は、こちらが一年後になる。身じろぎをするたびに軋む音を立てるということは、年代物の木椅子なのだろう。しかし作者は、その古さを厭わしく思っているのではない。「秋日和」という穏やかな季語が用いられていることから、作者はその古い木椅子に愛着を感じていることが分かる。使い慣れて、体によく馴染んだ木椅子が想像される。古くなった木の質感と秋日和とがよく調和して、落ち着いた詩情を醸し出している。

沈む日のたまゆら青し落穂狩《おちぼがり》

昭和二年

「たまゆら」は、漢字では「玉響」。元来は、勾玉が触れ合ってかすかな音を立てるという意味だが、転じて少しの間を意味するようになった。『万葉集』にある古語である。「落穂狩」も珍しい表現だが、落穂拾いと同じ意味として受け取る。この句の眼目は、赤いはずの落日が一瞬青く見えたという把握。詩人の目が見た幻視と言えよう。その不思議なイメージを描き出すのに、「たまゆら」の古語の響きが果たしている役割は大きい。一般的に落穂拾いは、貧者、老人、子どもの作業で、その語感には一抹の哀しみが伴う。「たまゆら青し」の詩人の感応は、その哀しみの反映なのかもしれない。

鵙来《き》啼《な》く榛《はん》にそこはか雕《え》りにけり

昭和二年

「来啼く」は『万葉集』にも用例がある古語。句意は、鵙が飛んできて鳴いている榛の木の幹に、何とはなく彫りつけたというもの。では、一体何を彫ったというのか。敢えてぼかしてある点が興味を引く。秋の澄んだ空気を裂くようにして鳴く鵙が配されている点を考慮すると、やはり何かしら感傷的な文字を彫ったと解するのが適当だろう。制作は昭和二年だから、少年時代に自分の名前や好きな子の名前などの落書きの文字を彫ったことを回想しての句かもしれない。思春期の感傷的な気分を、哀調を帯びた鵙の声が一層引き立てている。

つゆじもに冷えてはぬるむ通草《あけび》かな

昭和二年

「つゆじも」は、露と霜のこと。また、凍ってなかば霜となった露のことも言う。秋も深まってくると、朝晩はめっきりと冷え込む。藪にぶら下がった通草の実も露や霜の生じる朝の内は冷たいが、日中は太陽の光によって温まるという句意。冷えるというだけの把握であれば平板だが、「ぬるむ」が加わることで中七に抑揚が生まれ、一句の味わいが深くなった。この「ぬるむ」は、実際に通草を採った経験がなければ出てこない言葉だろう。次第に深まってゆく秋の季節感や山の空気の肌触りを、通草の実の丁寧な把握を通して描き出している。

栗山の空《から》谿《だに》ふかきところかな

昭和二年

栗の木の植えられた山にある空っぽの谷、その谷の深くなっているところよという句意。だからどうしたのだと問い返したくなる句で、無内容に近い。景もはっきりとは思い浮かばない。不器男の句のなかでは異色だ。ただし、何も言っていないというその空虚さゆえに却って印象に残る。また、カ行音、ア母音、オ母音が耳に付き、そこに句末の「かな」の大らかな響きも加わって、音調の面でも開放的でがらんとした空間を意識させる。これは偶然か、それとも作者の周到な意図によるものか。摑みどころのなさが不思議な味わいを醸し出している句。

座《ざ》礁《しょう》船《せん》そのまゝ暁《あ》けぬ蜜柑山

昭和三年

81

夜の間に岩礁に乗り上げた船が、そのままの場所で夜明けを迎えた。見ると、すぐ近くの岸には蜜柑山が迫っていたという句意。実った蜜柑が朝日を受けて光っている様子も想像される。非常事態にある座礁船と平穏な蜜柑山という組み合わせが意外だ。その両者を、時間の経過を含んだ中七がしぜんな形で結びつけている。イメージ転換の鮮やかさも眼目で、最初は座礁船の様子が脳裏に浮かぶが、下五に至るやぱっと蜜柑山に切り替わる。言うまでもなく愛媛は蜜柑の産地、実際にこの句のような光景を不器男は目撃したことがあったのかもしれない。

銀《ぎん》杏《なん》にちりぐの空暮れにけり

昭和四年

82

「銀杏」は、黄葉した銀杏のことと解する。その葉の隙間に、「ちりぐ〳〵」に散らばって見えている空が、次第に暮れていったという句意。空の夕映えの色と銀杏黄葉の黄色とが織りなす色彩が美しい。また、「ちりぐ〳〵の空」という表現には宝石が砕けたような語感があり、どことなくもの哀しい。この句を読んで思い出すのは、不器男の高校の後輩にあたる篠原梵の〈葉桜の中の無数の空さわぐ〉。着目点は同じだが、両者を比べると、不器男は秋の夕暮れの景でウエットな抒情性、梵は初夏の清々しい空でドライな青春性、というふうに対照的である点が興味深い。

秋の日をとづる碧玉《へきぎよく》数しらず

昭和四年

「碧玉」が具体的に何を指すか不明だが、瑪瑙で作られた勾玉のようなものを思い浮かべる。そこに秋の日差しが当たり、あたかも「碧玉」が光を閉じ込めているかのように見えたという。それが無数にあるとは一体どういうことだろうか。展覧会と考えるには「数しらず」が大仰で現実離れしている。この句の制作は昭和四年秋、作者は死の病床にあった。とすると、病苦に呻吟しながら夢うつつの狭間でふと垣間見た光景とも考えられないか。真実は作者が知るのみだが、「碧玉」の美しさを無限増殖させる「数しらず」に病的な妖しさが感じられる。

野《の》路《じ》こゝにあつまる欅《けやき》落葉かな

大正十五年

野中の道が何本か交差する地点に、一本の欅が立っている。季節は冬で、その欅はしきりと葉を落としている。何の変哲もない風景だが、視点の中心を欅に据えることで、すべての道がその欅をめがけて集まってきているかのように強引なデフォルメを施したところがこの句の眼目。欅は幹が真っ直ぐに伸びた姿の良い木なので、風景の真ん中で求心力を持った存在として描かれるのに相応しい。しみじみと心を打ってくるものには欠けるが、ありきたりの見方を切り替えて、新しく風景を組み立て直した面白さがある。

落葉すやこの頃灯す虚《こ》空《くう》蔵《ぞう》

大正十五年

85

虚空蔵菩薩を祀ったお堂が、木立の奥に立っている。普段は夜ともなれば訪う者もなくひっそりとしているが、この頃は、落葉が始まった木立を透かして、そのお堂に灯りがちらつくのが見えるという句意。夜毎、参籠する人があるのだろうか。正体の知れない不気味さがなくもないが、中七の口吻から察するに、作者はその灯りに心を惹かれている。灯りというものは、そこに人がいることの証、遠くから眺める者の心に親しみを覚えさせるものだ。落葉の降る奥に灯りがちらつく情景には、どこか懐かしいような落ち着いた情緒がある。

凩《こがらし》や倒れざまにも三《み》つ星《ぼし》座《ざ》

昭和二年

「三つ星座」は、冬の星座を代表するオリオン座のこと。特に「三つ星」とは、オリオンのベルトに当たる部分に並ぶ三つの二等星のことであり、冬の澄んだ夜空のなかで、ひときわ目を引く輝きを放つ。「倒れざま」は、オリオン座が仰向けの形で東の空から上ってきたことを言うのだろう。時間帯は宵のころ。「にも」のニュアンスは微妙だが、敢えて言えば「倒れざまにもあることよ」と詠嘆の気持ちを含んでいる。吹き荒ぶ凩と身を横たえたオリオン座との取り合わせには、丈高く雄々しい詩情がある。切字の「や」も高らかに響いて、重厚な交響楽のようだ。

桐《きり》の実の鳴りいでにけり冬《ふゆ》構《がまえ》

昭和二年

「桐の実」は秋の季語。高枝にあるその実が風に吹かれて乾いた音を立てる様子は、晩秋の寂しさを搔き立てるものとして一般によく詠まれる。「冬構」は冬の季語で、風除けや雪除けを施して冬に備えること。この句では「桐の実」と「冬構」という歳時記の分類上では季節の異なる二つの季語が入っているのだが、「冬構」が主で「桐の実」はそれに付随する景物として受け取れば問題はない。冬構えをした家の庭で桐の実が鳴る。全体に彩りの乏しい沈んだ情景を詠んだ句だが、余計なもののない簡潔な構成で初冬の季節感をしっかりと摑んでいる。

鴨うてばとみに匂ひぬ水《みず》辺《べ》草《ぐさ》

大正十五年

水辺の草の蔭に身を潜めて、鴨猟をしている場面だろう。静かに銃の狙いを定め、その引き金を引いた瞬間、それまでの緊張がふっと緩んで、急に辺りの草の匂いが鼻についたというふうに解する。意識の在り様と感覚器官との関連性が、ここでは嗅覚を通して描かれている。ナイーブで複雑な内容だが、一句の外観はあくまでもさらりと端整で詰屈としたところがない。「水辺草」の一語も作者の工夫による用語だろうが、ごくしぜんに下五に収まっている。不器男に実際の猟の経験があったかどうかは分からないが、とても臨場感のある句に仕上がっている。

枝つゞきて青空に入る枯木かな

大正十五年

89

欅のような空へ伸びた枝振りの木が思い浮かぶ。すっかり葉を落として露わになっている枝が、先へ先へと細りながら冬晴れの青空の中へと続いているという句意。枯木の形状をしっかりと把握する写生の目があり、枝が「青空に入る」と繊細に感じ取る心がある。この句を読むと、〈いただきのふつと途切れし冬木かな　松本たかし〉〈冬木の枝しだいに細し終に無し　正木浩一〉が思い浮かぶが、この二句の冬木が冬木のみで完結しているのに対し、不器男の枯木には空との連続性があり、ついには空と一体になっている点が注目される。

枯《かれ》木《き》宿《やど》はたして犬に吠えられし

大正十五年

90

「枯木宿」は、冬枯れの木立の中にある家のこと。「はたして」は、思った通り、案の定の意味。作者は犬に吠えられることを予期しながらこの枯木宿を訪ねた、もしくはその側を通りかかったところ、案の定、その通りになったという句意。「はたして」の一語が強く響いているが、これは期待通りになって喜んでいるというのではなく、懸念が当たって忌々しいというニュアンスだろう。作者は犬嫌いだったのか、またはよほど喧しく吠える犬だったのか。枯木立のあけすけな空間に、癇に障るような犬の声が寒々しく響きわたる光景が想像される。

水のめば葱《ねぎ》のにほひや小料亭

大正十五年

口に含んだ水にかすかな葱の匂いがしたという。現代の潔癖症的観点では、あまり気持ちのよいことではなく、器の洗浄が不十分なのではないかと衛生管理を訝る方にまず注意が向く。しかしもちろんこの句は、そういうことを言いたいのではない。作者は、水に移った葱の匂いから、心がしんとなるような一抹の侘びしさを感じ取ったのだろう。いかにも場末の小料亭らしい情趣が滲んでいる。酒席での即興感偶の句だろうか。ちなみに、酒席と言えば不器男は酒に強かったようで、「杯を重ねれば重ねるほど頭がさへてくる」と随想の中に書き残している。

日《ひ》昃《かげ》るやねむる山より街道へ

大正十五年

92

日が昃る、つまり太陽に雲が掛かると、その影が地上を覆うように辷ってゆく。この句では、冬の眠ったような静かな山から麓の街道へと雲の影が動いてゆく様子が描かれている。雲の影が動くのにはもちろん音がなく、さらにここでは「ねむる山」の静けさも相俟って、一句としてしんとした音のない世界が現出している。白く乾いた寒々しい街道には、荷馬車や人の姿は見えないのだろう。何かの映画かテレビ番組で見たことのあるような映像性の豊かな句だ。雲の影の動きをじっと目で追っている視線の奥には、作者の静かな心の在り様が感じられる。

186 − 187

北風やあをぞらながら暮れはてて

大正十五年

「あをぞらながら」は、空が晴れ渡ったままと解す。冬の澄んだ青空が日中からずっと曇ることなく、一日持続したのである。句に詠まれているのは、日が沈み残照も消えたあとの、夜に入る一歩手前の空であろう。青というよりは濃紺の空だが、その色もまた美しい。北風が吹いて寒ければ寒いほど、その空の色は透明感のある美しさを増したに違いない。なお、何気ない表現だが「ながら」がここでは効いている。意味としては「あをぞらのまま」と表現しても同じだが、「あをぞら」に惹かれる作者の気持ちは「ながら」の方がより強く伝わってくる。

炭出すやさし入る日すぢ汚しつつ

大正十五年

「炭」は冬の季語で、「炭出す」は窯から焼き上がった炭を取り出すこと。焼成の途中で窯を密閉して消火し、熱を冷ましてから窯口を壊して炭を取り出す。その際、暗い窯の中へ射しこむ日差しに、舞い立った埃が照らされる。「日すぢ汚しつつ」とはこの情景を描いたもので、特に「汚しつつ」の感覚的な把握には鋭さがあり、辺りの埃っぽい空気の様子が如実に伝わってくる。なお、炭には製法の違いにより白炭と黒炭の二種類がある。この句は黒炭のこととして鑑賞するのが妥当だろう。白炭は焼成の最中に窯から掻きだし、灰をかけて冷ましたもの。

空洞《うつろ》木《ぎ》に生かしおく火や年《とし》木《き》樵《こり》

昭和二年

95

「空洞木」は、幹に空洞のある古木のこと。「年木樵」は、年木つまり新年に使う薪を年内に用意しておくこと。句は、師走の冬山に入って薪を伐り出している場面だろう。「火」は火種のことで、暖を取る焚火のためか煙草用か詳細はわからないが、傍らの木に恰好の空洞があったので、そこにその火種を生かしつつ木樵の作業に勤しんでいるのである。上五中七の描写が具体的で現実感がある。実際に経験するか見たことのある者でなければこういう場面は詠えない。山間の土地に暮らした作者ならではの風土性や生活実感が出ている。

梟の目《ま》じろぎいでぬ年木樵

昭和三年

ひとつ前の句と同様に、山に入って新年に使う薪を伐り出している場面。梟が「目じろぎ」、つまりまばたきをして現われ出たという描写が梟の特性をよく捉えており精彩がある。梟があのまん丸い目を光らせながら、傍らの梢から人間を見下ろしているような風情で愛らしい。普通、梟は夜行性と言われるが、昼間にも行動することがある。よって昼間の作業である年木樵と取り合わされていることに差し支えはない。場所は人里をすこし離れた山中だろうか。梟の登場に野趣があって、一風変わった年木樵の句に仕上がっている。

燦《さん》爛《らん》と波荒るゝなり浮《うき》寝《ね》鳥《どり》

昭和三年

「浮寝鳥」は、水面に浮いた水鳥が羽に嘴を差し入れ、じっと眠っているように見える様を言う。その浮寝鳥が眩しく光り輝く波に揺られている光景。空は晴れているが、強い北風が吹いているのだろう。ちょうど逆光になる形で、影となった浮寝鳥が波の輝きに呑み込まれそうになっているのかもしれない。上五中七では、開放的なア母音の多用によって風に波立つ広々とした水面の美しさが端的に表現されている。また、「なり」の断定には作者の強い感銘がこもる。浮寝鳥はあくまで添景で、作者の心は波の輝きにより強く惹きつけられているようだ。

団欒《まどい》にも倦《う》みけん木菟《ずく》をまねびけり

昭和三年

夕食後の団欒にも飽きてしまったのだろうか、中のひとりが木菟の鳴き声を真似しているという句意。何もないところから急に木菟の鳴き真似を始めたわけではなく、それまでの団欒の座に木菟の声が聞こえていたのだろう。「けん」は過去推量の助動詞、この句の場合、作者が自分の行為の理由を推量していると取るのは不自然なので、木菟の真似をしているのは作者以外の人物と解した。不器男の兄のうちのひとりだろうか。木菟は淋しい声で鳴く。団欒の座からその木菟の鳴く戸外の静けさへと心を寄せる人物には、どことなく憂愁の気分が漂う。

大《おお》年《どし》やおのづからなる梁《はり》響《ひびき》

昭和二年

「大年」は、大晦日のこと。年を送り、新しい年を迎えようとするときは心身が改まり感覚も鋭敏になる。そんな折に耳にした「梁響」とは、天井の梁が軋むときにしぜんと立てる音のことだろう。梁は屋根を支える重要な部材。中七の悠々とした調子から想像するに、どっしりとした太い梁に違いない。その音が耳に付くのは、大晦日でも特に夜が更けて、辺りが静まってきた頃。いつもは気にも留めないその音が、大晦日ゆえに特別なものとして聞こえてくるのである。時代を帯びた梁の音の向こうに、作者は何か遥かなものを感じ取っているようだ。

一片のパセリ掃かるゝ暖炉かな

昭和五年

昭和四年十二月二十九日、横山白虹主催の小句会が不器男の枕頭で開かれた。白虹は同門の先輩かつ医師として、不器男の九州帝大附属病院入院以来、手厚く世話をしてきた。右の句は、その句会に出された三句のうちのひとつ。暖炉の燃える部屋の、食事後の光景だろう。床に落ちた儚げなパセリが印象的だ。他の二句は〈大舷《たいげん》の窓被《おお》ふある暖炉かな〉〈ストーブや黒奴《くろんぼ》給仕の銭ボタン〉。いずれも病床での嘱目ではなく、想像上の暖炉の洋間がユニークな切り取りで詠まれている。どこか新たな展開の予感を孕んでいるが、結局これが最後の作品となってしまった。

芝不器男論

不器男俳句との出会い

私が初めて芝不器男の名前を知ったのは、平成八年のことである。その時、私は高校二年で、これは本文中にも書いたが朝日新聞の一面に大岡信氏が連載していた「折々のうた」で、不器男の、

白藤や揺りやみしかばうすみどり

が取り上げられていたのである。

当時の私は俳句に面白みを覚えるようになって時々手帳に五七五を書きつけてはいたが、まだほんの駆け出しで何も分からない状態。しかしこの白藤の句は、

不思議とすっと胸に入ってきた。また大岡氏の解説には不器男が夭折の俊秀俳人であることが書かれていたが、その「夭折」の文字に、まだ若かった私は甘美な感傷を誘われ、より一層不器男という名前を脳裏に刻んだのであった。

白藤の句の魅力

私は白藤の句のどこに惹かれたのか。その時はただ口に出してみて心地良いといった程度のことしか自覚しておらず、この句の良さを語る言葉を持っていなかったが、今改めて考えると、当時の私は無意識のうちにも次のような点に惹かれていたと思われる。

まず一つ目は、声調が美しいところ。次に二つ目は、ものを見る目が確かであるところ。そして三つ目は、時間の表現が洗練されているところ。この三点である。

まず声調についてであるが、上五では切字「や」が高らかにひびいている。そして中七では文語表現が用いられ、口語とは違ったどことない奥ゆかしさが醸し出されている。また、白藤の描写にのみ徹して余計な言葉がないことも、一句の声調に整った感じを与える要因となっている。これらのことから、散文とは異なった韻文としての声調の美しさが実現されていると言える。

二つ目のものを見る目という点では、下五の「うすみどり」の繊細な発見が凡庸な目ではないことを証している。

三つ目の時間表現の洗練とは、直接的には白藤が揺れやんだその瞬間を詠んでいるわけだが、そこに至るまでの時間の経過、つまり白藤がまだ風に揺らいでいる時の映像も同時にありありと想像させるという重層性のことである。

以上の三点が、私が白藤の句の魅力と考える点であるが、これらはなにも白藤の句のみに限ったことではなく、総じて不器男俳句の特色を語る上で重要になってくる点である。ここからはその三点を順に詳しく見てゆきたい。

声調の美しさ

先に切字のひびきという点に触れたが、不器男の作品にはそのほとんどに代表的な切字である「や」「かな」「けり」のいずれかが用いられている。「や」「かな」「けり」は大時代的で古いとこれを廃した俳人もあったが、不器男は逆に切字の効用に毫も疑いをさしはさまず、全幅の信頼を寄せていたと考えられる。

かつて石田波郷が主宰誌「鶴」の同志へ向けた文章で、「や」「かな」「けり」を必ず用いよと書いたことがあった。波郷自身、極端なもの言いだとは分かっていたであろうが、散文とは異なる韻文性を体で覚えるためにはそれくらいの心構えが必要と考えたに違いない。もちろん波郷自身もこれらの切字を使うことが多かった。後年、波郷は不器男俳句に並々ならぬ愛着を寄せていることを表明している。俳句の韻文性を殊に重んじた波郷と、切字のひびきの美しい不器男俳句とは、親和性が高かったのであろう。

また、不器男俳句の声調において見逃すことができないのは、文語とくに万葉集に見られる歌語の使用である。例を挙げると、

まながひに青空落つる茅花かな

朝ぼらけ水隠る蛍飛びにけり
隠沼は椵に亡びぬ閑古鳥
ころぶすや蜂腰なる夏痩女
沈む日のたまゆら青し落穂狩

などである。

こういった試みは、うまくゆけば古い歌語を刷新することになり、その新鮮さと歌語自体が持つ歴史性、つまり典雅さとが一句に備わることになる。逆に失敗すると、その言葉だけ無理にはめ込んだような違和感が生じ、単なる目新しさのみが目立つ結果になる。

右に挙げた句を見ると、おおむね歌語がしぜんな佇まいで一句のなかに収まっていることが分かる。不器男の全句業を見渡してみても同様で、取り入れた歌語のみが目立って全体の調和を崩しているという例はほとんどない。不器男による万葉語の取り入れは、ひとまず成果を収めたと考えても良さそうである。

しかし、当の本人は作品の出来栄えに納得していなかった。山口水士英宛書簡（昭和三年七月三日）に次のような言葉が残っている。

（略）以前、万葉の言葉のうつくしいのに驚いて、俳句にもそれを用ゐたらどうだらうと考へ、天の川にそれ等の句を載せて頂いた事がありました。その考は主として秋桜子氏、誓子氏、青畝氏によつて全く同時に考へられ、どし〳〵完璧の句を発表せられた為、ホトトギスの流行をなしたのです（略）と云つて僕には、優先権を主張しやうと云ふ考へは毛頭ありません。何故なら、以上三氏のさうした歩みはたしか僕のよりも遅くはじめられたとは云へ、本当のものだつたからです（略）

自分が理想とし追求していたものが、他者の手によって完璧な形で実現される、その時の悔しさはいかばかりだろう。書簡では自分は素直に引き下がると不器男は言っているが、敢えて余裕の体を装っているようにも見えて、いじらしくもある。

ものを見る目の確かさ

白藤に「うすみどり」を発見した目の確かさ。同じように確かな目が感じられる句を探すといくらでも出てくるが、とくに私の好むものを挙げれば次の通り。

春愁や草の柔毛のいちしるく
山の蚊の縞あきらかや嗽
浸りゐて水馴れぬ葛やけさの秋
銀杏にちり〴〵の空暮れにけり
枝つゞきて青空に入る枯木かな

草の柔毛、蚊の縞模様、水に浸りつつ水を弾いている葛、銀杏黄葉の隙間の夕空、枯木の細い枝先、いずれの題材も精細に把握されており、その質感までありありと想像できる。そして、単に細部が捉えられているというだけではなく、一句を繰り返して読むと滲み出てくる情感がある。〈山の蚊の〉や〈浸りゐて〉の場合、その情感はフレッシュで潑剌としたものだが、〈春愁や〉〈銀杏に〉〈枝つゞきて〉では、しっとりとほのかな愁いを帯びている。

特に後者の傾向が不器男の俳句にはよく見られる。たとえば畢生の代表作と言われている〈あなたなる夜雨の葛のあなたかな〉もこの部類に属する。もともと不器男が持っていた詩性がウエットなものであり、そこに青春期の憂愁も加わったと見るのが妥当だろう。しかし、その憂愁の抒情が過剰にならず、程よいバランスを保っているのは、やはり不器男がものを通して描くという俳句の骨法に則っているからであり、その方法の支えとなったのがものを見る目の確かさであったということが言える。

麦 車 馬 に お く れ て 動 き 出 づ

ものを見る目の確かさと言えば、この句に触れないでは通れない。収穫した麦を満載した荷車が、それを引く馬が動き出してから、わずかに遅れて動き出したという一瞬を捉えた句。「馬におくれて」が見事な措辞で、荷車の重量感まで伝えてくる。この句は大正十五年の作。本格的に俳句に打ち込み始めてからまだ一年も経っていない。不器男の精妙な目は、最初から完成していたのである。

洗練された時間表現

不器男の俳句を読んでいると、時間の表現が巧みかつ多彩であることに気付く。具体的には、描かれた情景の奥に過去の時間が感じられる句、逆に未来への時間が感じられる句、また現在流れてゆく時間を逐次的に追った句もある。この現在流れてゆく時間を詠むのは、ともすると散文的になりがちで避けられる傾向があるが、不器男は敢えてこれを試みている。まずはその例から見てゆきたい。

汽車見えてやがて失せたる田打かな

上五中七では汽車の動きを追うことで時間の経過が表現されている。しかし下五にきて、一句の中心は汽車ではなく、実は線路脇で田を打つ耕人であることが判明する。情景としては、耕人が作業の手を休めて、汽車を目で追っているといったところだろう。動いてゆく汽車の時間の経過を、動かぬ点としての耕人を通して詠ったことがこの句の眼目。何の工夫もなく汽車の時間の経過を汽車を主体にして詠う、つまり〈汽車見えて田打の脇を通り過ぐ〉といった形であれば、単に散文的なだけの句で終わったところだった。

人入つて門のこりたる暮春かな

人影が門のなかへと消えた。その直後の門が描かれているのだが、不思議と幅のある時間性を感じさせる。穏やかでのんびりとした情感の「暮春」が、あたかも時間を間延びさせたかのようだ。うららかな日差しのなかにぽつんと取り残された門、この状態はこのままで永遠に続いてゆくかのようでもある。

花うばらふたゝび堰にめぐり合ふ

「ふたゝび」が眼目。この一語によって、作者はこの句の場面のすこし前に、別の堰と出合っていることが分る。現在の時間に、さりげなく過去の時間を重ねている。

あなたなる夜雨の葛のあなたかな

夏の休暇を終えた作者は、故郷伊予から大学のある仙台へと戻ってきたところで、その長い旅程を振り返っている。意識は、仙台から伊予へと自らの辿ってきた道のりを空間的に遡行する。それはつまり時間的にも遡行することであり、意識が伊予まで行き着けば、こんどはその伊予で過ごした夏の休暇の思い出や家族のことを……、というふうに意識はとりとめもなく過去の時間へと遡ってゆく。それが望郷の念として、この句に抒情味を与えている。

永き日のにはとり柵を越えにけり

鶏が柵を飛び越えたという一珍事。それがアクセントとして働くことで、うららかな春の日がいよいよ永く感じられるのである。この句には、鶏が柵を飛び越えるまでに続いていたのんびりとした時間の長さはもちろん、その後の、また何ごともなく続く時間の長さまでが詠み込まれている。〈白浪を一度か、げぬ海霞〉も同様で、「一度」という瞬間を詠みながら、それまでの長い時間と、その後の長い時間の両方を感じさせる。

わずか二十六歳で早世した不器男、その創作期間も約五年と短いものだった。言わば不器男は時間を味方に付けられなかったのであるが、そんな彼にして作品の上では時間を手玉に取るごとく、その表現が洗練されていたというのは皮肉な話である。

自然への浸透

本書を執筆するにあたって、私にはぜひとも訪ねておきたいところがあった。不器男が生まれ育った土地である。

愛媛県松野町。松山市から車で、途中高速道路を使って二時間ほど。そこは四万十川の支流である広見川の中流域に位置し、周りを山に囲まれた静かな町だった。訪ねたのは八月の盆過ぎ、太陽は盛夏の勢いそのままにかっと照りつけていた。

不器男の生家は、現在記念館として保存され、数多くの資料が展示されている。それらをひと通り見てから、広見川の河原へ行ってみた。水の流れに手を浸すと、心地良い冷たさで、汗がすっと引いていくようだった。河原に屈んだまま、流れてゆく水の光を見つめ、近くの山の木々を揺らして風が渡ってゆくのを眺めた。これが不器男の山河なのだと思った。

不器男が兄嫁である芝梅子へ送った葉書（大正十五年九月三十日付）に、次の一文がある。

流行追ひの現代人が一茶をかつぎ上げて「人間」だ「人間」だとお祭りさわぎしてゐますけれども、専念に自然に浸り込んで行つた芭蕉や、あれほどの高踏的な作品を生んでゐながら、たつた一人の娘のためにこま〴〵した懸心をそゝいでゐる蕪村の方が、僕にはどれだけしたたしいかわかりません。

ここには不器男の志向が色濃く現われている。とくに「専念に自然に浸り込んで行つた」という一文は、不器男自身にも当てはまる。不器男は、人間よりもむしろ山川草木に向き合う時、より一層の心の慰めを覚える性格だったのではないだろうか。

故郷の山河は、そんな不器男を懐深く抱き込んだ。今なお古びない新しさを持った不器男の一句一句には、彼の心の浸透した故郷の自然の姿が顕現している。流行に右顧左眄せず、専一に自然に浸り込み、その短い命の時間を句作に打ち込んだ不器男。表現における古典主義と青春性あふれる抒情とが融和したその俳句は、これからも多くの人に読み継がれてゆくに違いない。

※俳句に記されている年号は、制作年ではなく掲載誌の発行年である。

参考文献

『芝不器男句集』（一九四七年、現代俳句社）
『定本　芝不器男句集』（飴山實編、一九七〇年、昭森社）
『不器男句文集　増補版』（塩崎月穂編、一九九三年、松山子規会叢書16）
『芝不器男精選句集　麦車』（飴山實編、一九九二年、ふらんす堂）
『芝不器男研究』（岡田日郎編、一九九七年、梅里書房）
『不器男百句』（坪内稔典・谷さやん編、二〇〇六年、創風社出版）
『芝不器男傳』（飴山實、一九七〇年、昭森社）
『峡のまれびと　夭折俳人芝不器男の世界』（堀内統義、一九九六年、邑書林）

初句索引

著者略歴

村上鞆彦（むらかみ・ともひこ）　本名・勝彦

昭和54年（1979）　大分県宇佐市生まれ
平成10年（1998）　「南風」入会
　　　　　　　　　鷲谷七菜子、山上樹実雄に師事
平成14年（2002）　早稲田大学第一文学部卒業
平成18年（2006）　南風賞受賞
平成23年（2011）　南風編集長就任
平成26年（2014）　南風主宰就任（津川絵理子と共宰）

現在　南風主宰・編集長、俳人協会会員
句集『遅日の岸』（2015刊）にて第39回俳人協会新人賞受賞
共著『新撰21』『天の川銀河発電所』等

住所　〒124-0012　東京都葛飾区立石3-26-16-205
　　　　　　　　　アーデル立石ワンズプレイス

発　行　二〇一八年八月二五日　初版発行
著　者　村上鞆彦©2018 Tomohiko Murakami
発行人　山岡喜美子
発行所　ふらんす堂
〒182-0002　東京都調布市仙川町一―一五―三八―2F
TEL（〇三）三三二六―九〇六一　FAX（〇三）三三二六―六九一九

芝不器男の百句

URL http://furansudo.com/　E-mail info@furansudo.com
振　替　〇〇一七〇―一―一八四一七三
装　丁　和　兎
印刷所　日本ハイコム㈱
製本所　三修紙工㈱
定　価＝本体一五〇〇円＋税
ISBN978-4-7814-1088-3 C0095 ¥1500E